歌集

神籬の森

巻　桔梗

櫂歌書房《とうかしょぼう》

「神籬の森」目次

I

Ⅱ

Ⅲ

I

五トンのまぶた

葦かげの緋鯉をさそひ一群れのかぐろき影が遡りゆく

道の端《は》に座り込みたるたんぽぽが蒲公英ゑがく、こんにちは

鳴る靴であゆむ幼は階段でリズム変はれば立ち止まりたり

りりしくも上ぐべきものを若人よな剃りそ剃りそ眉だけはゆめ

贈られしジーパン穿いて赤ぼうし斜《はす》にかむればちよいわる爺《ちぢい》

職退きて眠りは足るにバスの席に座るやすぐに五トンのまぶた

夢ん中でしきりに感謝されてゐて降車地のひとつ前で目覚めぬ

さほど好きでもなき野菜ほしくなる頃の三日目妻帰り来ぬ

じだらくの机も本もパソコンも部屋に妻入ればみな動き出す

五センチになりしえんぴつ身を削がれ芯ホルダーでさらに働く

地の底

宗像地域の地底には西山断層が走る。

ひぐらしの声で目ざめぬ地の底が軋みゐむとは思へぬあした

爪の伸びる速さもフィリピン海プレートの動く速さも一日に約〇・一ミリ。

爪ならば切れば済むのにじわじわと寄せゐむフィリッピン海プレート

地の層のあらはな岬三十度かしぎて先は海へ落ちゆく

客のためソーラーセルで回されてさみしからずや岬の風車

黒南風のなごりのあした船二隻みなとに入り来海鳥《うみどり》つれて

くるほしく這つて海から遠ざかる蛸にみなとの市が　沸くのか！

雑用の間《あひ》に努めて修めけむ尺余の鯛をおろす少年

みぎひだり無腸公子はゐさらひを擦りつつまどふ槽の底ひに

無腸公子＝蟹の異称。　いさらい＝尻。

名医の病院

破《や》れ枕、破れ床、破れ椅子あさまだき拭かれて名医の病院は開《あ》く

早くから待つ患者らに院長はおほき目玉をまづ見せに来る

みそ汁の匂ひかすかにする部屋に腰痛治療の順番を待つ

片影の退きゆく真昼せめてあの樹まで行かむと左脚を打つ

樹の下で萎え脚揉めば蟬のこゑ投網のごとく降りかかりきつ

棟梁に呼ばれたる弟子あら組みの足場の板を小走りにゆく

脊柱管狭窄症かい少女らよ駅の通路にしやがんだりして

「靴の日」は母の命日、なが靴で母は雪の川へ洗濯に行きき

十字＝饅頭。

仏壇の十字に伸ばす手の甲をめッ！と妣打ちし、いたくないよおだ

まんぷくの獅子のうなりのごとき音のみに晩夏の雷《らい》は去りたり

烏兎の影

いくつまで波と戯《さ》りしか老い妻と潮退きしるき浜砂を踏む

「わが引かむ」「引くのはわたし」皺の手の十年のちの役をとりあふ

波のやうに寄るとふ歳に寄られつつ抗ひつれどまた寄り切らる

年ふりて熔岩は冷え砕けたり、穏しき砂となり得ぬわれか

濃きふくみ流るるかすれ条幅をまたぎて書きし筋力を恋ふ

階段でみちをゆづれば乙女子は女王のごとく降りてゆきたり

教へ子の身にもひとしく烏兎《うと》の影落ちてかたみに酒量気づかふ

烏兎＝歳月。かたみに＝互いに。

昨夜《きぞ》は酢の効用聞きし、夕餉どき胡麻はいかにと訊かむか妻に

目覚むれば昧昧の窓海底《うなそこ》に命の蛻《から》はけふも積むらむ

マースの空

名物の甘き「ハト豆」貰ひたりハナ、ハト、マメ、マス、おいちにおいちに

ハト豆＝朝倉地方の名物。「ハナ、ハト……」は幼いころ生家にあった教科書『尋常小學國語讀本』に載っていた。

物差しは大刀となり消しゴムは忍者のつぶてとなりし放課後

初恋は陰画のやうにあをあをとマースの空に燃ゆる夕焼け

笹団子ひとはこ買ひてひとつだけ食へば三月《みつき》は故郷にあそぶ

笹団子は故郷（新潟県）の名物。

暑の残る十月中旬《なかば》たうとつに北西風《あなじ》吹き荒る、真風《まじ》がこひしゑ

真風＝南寄りの風。

わけありに見えしかわれに話しかく過疎地へ向かふバスの運転手

山里のちひさき宿の仕舞ひ風呂ご夫婦でどうぞと女将が勧む

手から本落ちむたまゆらライト消すごぜんさんじはあさかしんやか

ひだり手に手袋をして鯉さわぐ河渉りゆく早暁の夢

定礼

定礼＝国民健康保険の源流は宗像地方にあった。

「定礼《ぢやうれい》」を図りし宗像びとたちに謝しつつ臥せり両肺病みて

あからしぶ＝心から嘆く。

病床にあげ股をしてあからしぶ微熱も痰もなめたらでけん

死穴＝梵語（ｍａｒｍａｎ＝末魔）の訳でそこに触れると激痛をおこして死ぬという急所。

わが死穴いづくにかある午前二時病棟の奥の叫びを聞けば

もとな＝しきりに。トンネル現象は電子物性の専門用語。江崎玲於奈博士はこの研究でノーベル賞を受賞。

病床にもとなおもへり死へ抜くるトンネル現象の障壁の幅

ひとごとにあらぬ日は来む病室の前の臭《しう》つよき汚物処理室

新聞編集用語。襷がけ＝見出しや写真などを左右対角線上に配置するレイアウト。簪＝紙面最上段の日付や新聞名などが載っている横書きの部分。腹切り＝紙面の一段を一つの記事がすべて使ってしまう悪いレイアウト。

年の瀬の紙《し》の簪に目をやりぬ一時外出許可までいく日《か》

襷がけ・簪・腹切り仕送りのなくてやむなきバイトで知りし

妻に詫び己責めらる病棟の若湯にひとり胸音《むなおと》聴けば

若湯＝新年の初湯。

点滴の針あとの辺《へ》が黒ずめり細きしっぽが生えぬか真夜に

まかぶらの痩せくぼみしはノープロブレム肺に壊死あれど生きてるぞ儂は

まかぶら＝まぶた。

左腕《さわん》の三つ右腕《うわん》の二つの針あとを女医に撫で撫でされ退院す

八〇二〇運動

農水路のちさき深みにはじめての冬を越しけむ鮒の稚魚群る

道の端《は》に火の入れられて反物の解かるるさまにすぐろ延《ほどこ》る

夢ならば覚めざらましと古歌いへりファイルの上書き、ああ覚めてくれ

ＩＴの世にこそ恃め身に近き父母妻兄弟親族《うから》友人《ともがら》

パソコンやケータイなどの仕組みだけがデジタルぢやない、現世か黄泉か

年男わが生くる時は午後十時あさの目覚めを誕生とせば

むし歯なく入れ歯もなくてわれは立つ「八〇二〇運動」のスタートライン

八〇二〇運動＝「八〇歳になっても二〇本以上自分の歯を保とう」という運動。

エジソンの呪

二〇一一・三・一一、東日本大震災。地震波は地球を五周した。

なゐの波テラに生じてテラを出ずテラを出で得ぬ人らを襲ふ

映像の津波はわれを襲はねどこころ殺がるる団欒無惨

古きほど汚れたるほど誇れるを新品のナッパ服を政治家は着る

核燃料もやし続けて「エジソンの呪」ものかはオール・ナイト列島

エジソンの呪＝電球の発明以降人は夜に活動出来るようになったが、反面、睡眠不足・睡眠障害・寝入りの悪さなどが問題となった。

まさかとふ隙あるかぎり根付かざらむチェルノブイリの「安全文化」

安全文化＝チェルノブイリの原発事故をきっかけに生まれた言葉。

水なれば分くるあたはず潮流に呑まれなばあをし漏出汚染水

夜の便器が節電中とふ灯をともすユーフラティスの三日月地帯はや

肥沃な三日月地帯が文明発展とともに消えてゆく。

新人の朝

山なかの桜は咲いて消えてゆく超スローモーの花火のやうに

葉桜はうれに鵯《ひよ》の子とまらせてそおれほおらと上下に揺らす

公園でコンビニ弁当かき込んでビルへかけ込む新人の朝

群れ魚のかぐろき影は初夏《はつなつ》の湖《うみ》に結びつ伸びつ千切れつ

浮かぶ瀬のなきか若きら週日の海に浮きをり板を恃みて

港湾の艀を家とせし友は飲み屋の六〇ワットを眩しむ

見上ぐれば右から左へ自動券〈賣〉機と読まる門司港駅舎

朝もやの海峡の岸電光のEと矢印たくましく燃ゆ

雷鳥の変身

雷鳥の変身のごとく古稀の妻しろき髪見す染むるをやめて

白髪にいまだ慣れぬかもぢもぢと妻は男子に席をゆづらる

不正なく権力抗争さらになく女房主導の炊事場に立つ

小弛む＝雨が小降りになる。

をだゆめば蟬わしわしと鳴きだしぬ空襲警報とかれしごとく

ピーカブー（PEEKABOO）＝いないいないばあ。咳う＝幼児が喉を詰まらせてわらう（『漢字源』）。

ピーカブーして咳《わら》はせし三人に笑はせられてゐる盂蘭盆会

長女《こ》が読みて長女の子も読みしひらがなのイソップ童話、どうしようかこれ

かなかなは戦前の涙《なだ》つくつくは戦後の涙《なだ》か、盂蘭盆会過ぐ

烏賊天

子育ての役を解かれし妻と食ふはじめて長女が作りしおはぎ

笑ひたき夕べに匙はさかさまのいびつな笑みの実像かへす

涙《なだ》さそふほどに幸せうつの日に烏賊天が山と卓に載るとき

なみだ目で門灯わきに佇《た》てる夢見られしことを倅《こ》は知らざらむ

強面《こはもて》の悪役俳優もの分かりよき爺を演じ名前を知らる

あさなさな妻女は開くあるじ逝き倉庫となりし古書店のドア

文月《ふづき》より咲きも残らぬ百日紅もういいかいと散りそめにけり

咲きも残らぬ＝これから咲こうとする花もないくらいの満開状態。

蒔きもせぬ冬瓜がなり南瓜なり店ぢや売られぬ蔓紫伸ぶ

コンポストで作った肥料の中の種が芽を出す。蔓紫の源は不明。

穂のわかき芒と団子《だご》と六キロの冬瓜《とうぐわ》ひとつで月を楽しむ

冬の蛍

いつよりか枝に動かぬ熊蟬を吹き落しゆく霜月の風

落ちさうな熟し柿に顔突つ込んで吸血鬼みたいになりぬ目白は

食ひかけのジャムパンのごとき採石場はだかの尾根をあなじ越えゆく

蔓草と羊歯のおほへる眼鏡橋まなかに細しひとの踏み跡

あなじ吹くベンチの前の敷石の隙に錠剤いろ褪せてあり

ひと叢の冬のむらさき寒あやめ咲いて参詣者の足を止ましむ

孵化されし冬の蛍は玻璃箱にかなしや光しかと放てり

フィギュア選手の浅田真央さん。

勝ち負けを超えたる演技せる真央の全身泣けり氷の上に

こぞことしほころび目立つペルソナの隙よりのぞくじだらくの性《さが》

チョコ箱

枯れ葦をわしわし踏めば岸ちかく音もせでたつ大きなる渦

ぽによぽによのめだま童子がうすらひの下から見上ぐ小草生月《をぐさおひづき》

小草生月＝陰暦二月の異称。

重き石ひとつ入れられ竹のかご清き流れに残されてあり

半年で減量二キロと賭けをせし兄妹《きやうだい》会つてすぐにふき出す

ボランティアで草を刈るとぞ十二億かけし林道で口下手な倅《こ》は

ここちよき夢みにけらしなゐのごと心のゆれし昨夜《きぞ》はるかなる

わがままがちやらになるとは思へぬが妻へのチョコ箱照らす夕つ日

さわがしき中なら言へるかも知れず妻をいつぱい飲み屋にさそふ

野辺の三叉路

ふとももへ鍬をあづけて農の嫁あさの祠に菜飯をささぐ

山藤のみじかき房のストレッチ池の面《おもて》に触れつ離れつ

愛さるる桜ふぢ花にんげんは意の伝はらで嫌はれもする

あくたいを突き合ひながら帰りこし児童ら手を振る野辺の三叉路

ゲーム、スマホ、楽しきメディア生《あ》るる世やちひさき宮にゆさはりは錆ぶ

村改革にはわか者とよそ者が要ると覚悟のばか者が説く

還暦のわかものも入《はひ》れ九十の老人会会長の張りのある声

あかき針箱

菜園に枇杷、茱萸、柿など千切り食ふ子ら返しくれし妻との日びを

かへり途《ぢ》の電車の妻にメールせり紫蘇は摘んだよ刺身はたのむ

肴《あて》になる残りものはどこ遠出せし妻待つうちに酔《ゑ》ひくらひさう

酔いくらう（九州弁）＝酔っぱらう。

やすあがり亭主ねと笑はる韓国のビールもどきをにこにこ飲めば

かなめの歯ぬかれて二日らつきようを妻はきざみて肴《あて》に出し呉る

姑《しふとめ》がゐるわけでなし嫁もゐず子らもゐぬ居間、飲まうぢやないか

酔《ゑ》ひくらひわが帰りし夜ワイフどの背広に鼻を当つるなかりき

いくたびも修理《すり》してもはやすべなきを妻は捨て得ずあかき針箱

割符ほど合ふにはあらぬ妻とわが埋めこし未知のジグソー・パズル

ギプスの妻

綿ばみて揺るる尾花に夕光《ゆふかげ》の透けば老いらのわうごんの酔ひ

綿ばむ（繊維関連の人の言葉）＝綿のような様相を呈すること。

まあしやんは筑紫次郎の深場《ふかんど》に鯉獲りしとぞ胸のぬくみで

まあしゃん＝故・上村政雄さん。伝説の冬鯉取り名人で火野葦平の小説『百年の鯉』のモデルになった。

織田作之助は小説『競馬』で「馬ごみ」という言葉を使っている。

さざんくわの葉ごみかぐろく暮れゆけば朱花いちりんも暮れゆきにけり

孫ばなれせねばせねばと思ひつつ封切らぬまま冬のカルピス

気配はた音かうごきが伝はりくギプスの妻の乗る車椅子

新聞の中学国語の問題であそぶギプスの妻の目あをし

妻読みし紙《し》を展ぐれば一条《ひとすぢ》のぎんぱつ光る愛日の朝

妻のけがを知らぬお隣りさん訪ひくれつ「三日も朝に顔見てないが」

茹でたまご冬瓜《とうぐわ》こんにやく有り合ひの具をかき集め初おでん炊く

歳の夜を妻と更かせり春摘みのよもぎの煎じ茶いくども淹れて

道の駅「むなかた」

ムナカタと聞けば「宗像」の文字うかぶ棟方、宗方、宗形でなく

宗像の里に交じらひかがなべて越後うまれはぶじに住み老ゆ

かがなべて＝日数を重ねて。

網買ひにおとらぬ鯖の藍色の目に口説かるる道の駅「むなかた」

網買い＝鮮度を保つため魚に手を触れないで商うこと。

うんじんを知らぬか少年たたみ屋のごとく机上でざふきんを縫ふ

まつ黒な髪にもどして眉五ミリ上げて十五が蛻《から》をぬぐ春

うつくしき舗道はおほき抱かせ石むじつを訴へをらむ公孫樹は

抱かせ石＝正座させた膝の上に置く重い石板。昔の拷問の道具。

供養舟

ももの木にぬけ殻ひとつたしかめて初ひぐらしを聴く夕べかも

くろ雲にだまされて鳴くひぐらしをつと押へ込む梅雨明けの雷《らい》

ゼロ戦のごとく子つばめ親を追ふ雨上がりたるあをき田の上

ぎつばたとさ迷ひけむ跡果つる辺《へ》に捩れてあはれ乾《ひ》たり蚯蚓は

ゆくりかに声なき蟬が飛び出でぬ葉ごみの中にトマトちぎれば

ゆくりかに＝思いがけなく。突然に。

腺鱗に触《さは》るべからず青紫蘇のかをりの源《もと》は葉裏にしあり

あぽあぽと空《くう》食む鯉の背なの辺《へ》をパンのかけらは逃げまはりたり

鴨まねて鳴く鳥園の鸚鵡くん、君のほんたうの声を聞きたい

供養舟ゆれぬ灯りをのせて揺る送りの川の青きしづけさ

畏日

文月《ふみづき》の畏日《ゐじつ》の真昼はやも胸さらす熊蟬、恋はなりしや

字あまりで字たらずの歌敲きつつ畏日の昼の火渡橋《ひわたりばし》を過ぐ

比古太郎まぶしきまひる石おほき浜に腹這ひ焼き芋となる

比古太郎（福岡地方の古い呼び名）＝入道雲。

島かげに畏日は没《い》りて民宿の四歳の女児ビール運び来

花柄のゆかたの裾を蹴出しつつ少女らがゆく畏日の博多

離散的《デジタル》にならぶ吐水はＬＥＤよりも涼しく時刻を描く

街騒《まちさゐ》をとほして聞こゆ名刹の畏日の昼の勤行の声

死の床の友を見舞ひしかへり途《ぢ》に畏日あふげばつくつくの鳴く

遷宮の儀

二〇一三年一〇月二日、伊勢神宮の第六二回内宮式年遷宮。「カケコウ」は儀式の中で使われる鶏の声。

「遷宮の儀」済みたる後の暁闇に鶏声をカケコウと聞くはをかしゑ

鵲＝最近宗像にも出没するようになった。

カラカラと古代烏は鳴きしとぞカシャカシャと鳴くはぐれ鵲

農水路に行き来しをりし大鯉が川に戻さる稲刈りの日に

種《しゆ》を継ぐはそのうちいくつ団栗が屋根をしき打つ月満つる夜を

職人の腕たしかなり安物の徳利なれどちやうど一合

籤なんぞ買はねど当選番号が紙面ひだり下に載るを目は知る

ケータイはオンにしておけ老いしかと教へ子は儂のものぐさを叱る

カンニング、さぼり、レポート丸うつし「時効、時効」と教へ子ら沸く

孫、病気、老後、年金、親の世話、教へ子たちの聞き役となる

黄の線を出ず停まるまで席立たず便器にごみを捨てず帰り来

II

言の刃

雲のかげ肌けづられし山を撫づ「ああぶらかだぶら草木生えよ」と

鋼鉄の綱を恃みて登りゆくあかき傾りを無限軌道は

架け出しに貸しボートいくつ繋がれてくいくい鳴れりさ波に揺れて

架け出し＝湖や川に架け出してある桟橋のようなもの。

架け出しの端に立ちたり流し得ぬ言の刃《は》となりし昨夜《きぞ》の言の葉

きりぎしを落ちて巌を打つ水の出で発ちのこゑ野に轟けり

谷川のしぶきの白さ残しつつ冬ゆふあかね溶暗に入る

通信簿

お帰りと挙手して切符受け取りし旧友は亡し　ふるさとは雪

あたたかき九国《くこく》に在りてこころぐし雪つたへこし妣をしのべば

こころぐし＝心が切なく苦しい。

冬の夜に寝入るたまゆら妣の手の皹ひつひつ布団を撫づる

通信簿十二通と習字数枚を渡してくれつ死にぎはに母は

いちじくを捥ぎ取るごとく胃の腸のガンをとりつつ次兄《あに》生く、生きよ

ひそかなるわが不品行知る恩師逝きて証人はわれのみとなる

先生をデンガラッパとみな呼びき意味わからねどさういふ顔だ

おほどしの買ひもの帰り里山に露あたらしき裏白を摘む

いそとせを電話交流せる友とともに「後期」に入る午の年

舞ひびとが髪に手やればひだり手に展《ひろ》げたる扇手鏡と見ゆ

人形が身をふるはして泣きくづれ二人の黒子すつと消えたり

師の通夜の雨

冬ぼうし、くび巻、上着ぬぎ置きて岬のすそで石蕗《つは》の芽を摘む

つと止まり身を舐めつつすれ違ふちさき野良猫の背な汚れたる

少子化を止めてくれるか公園の柵にずらりと愛の錠前

コンビニに替はれど「阿部屋さん」と呼ぶ酒を配達してくれし店

定休日の焼き鳥屋の戸にひらひらと照れてゐる札「勉強の日です」

ラーメン屋、スナックたたまれ駅前の「夜明通り」は暗くなりたり

事故で止まる電車より妻の伝へくる献立しだいにシンプルになる

バイク音、街騒、列車の音たえて屋根ぬらしゆく春のぬか雨

梅の木にひそと残りし一輪を散らしてすぎぬ師の通夜の雨

ダム底

ダム底にすがたを見せし石橋の下へ集まりゆくのこり水

ダム底にすがたを見せし石橋の詰めに一木《いちぼく》くろぐろと立つ

ダム底にすがたを見せし石橋を出でたるわだち坂へ消えゆく

ひび割るるダムの底ひに棄ててあるまだ新しき自転車一台

金婚の祝

さくも月＝陰暦五月の異称。

さくも月さくらご摘めば鵯《ひよ》のこゑ、夫婦の日なんだお先にごめん

偽装するすべだに知らぬだぼ鯊と鰭そひとげて金婚の祝《しゆく》

妻とわがこんにやくみたいな五十年なにやらうれし「歳華」と言へば

恋木神社＝筑後市の水田天満宮境内にある。

妻と来て恋木神社にかうべ垂る（せがれ自身が来ないとだめかな）

窓の外《と》によそとせ見こし里山が豪雨時危険マップに載りぬ

教へ子に死なれて悲しわが面《つら》を便所たはしと笑つてゐたのに

笑み技はプロ級のわが笑ひ面つけて会合に出たき日もあり

まづ箸をぱきんと割つて歯を慣らすコンビニ弁当のカツにらみつつ

旧かなになほしたる歌なにがなしあぢはひふかくおもはる　ふしぎ

訣れの日

いつかいもトイレに起たず目覚めたり元気さうだね里山の蟬

窓あけて息ふかく吸ふ壊死したる細胞《セル》もつ肺よ立秋だ今日は

誰がためといふにはあらね新聞の思春期対策の特集を読む

上向いてかぶりつきつつ汁すするこれだけは好きなくだもの、李

訣れの日いつだらうねと妻に言ふ、水絶えぬ「白糸の滝」あふぎつつ

斎藤茂吉は「扇屋」で療養。近くに歌碑二基あり。

北国《ほくこく》の逆白波《さかしらなみ》と聴きゐしや嘉瀬川の畔《ほとり》に臥して茂吉は

処理水のせせらぎに白き根をゆだねクレソン群るる「洞海ビオパーク」

「響灘ビオトープ」の池に生《あ》れて飛ぶべつかふとんぼ八百を超ゆとぞ

赤とんぼ柵にとまりて翅を下ぐわが動かざればさらに翅下ぐ

筑後の盆綱曳き

筑後市久富で毎年八月一四日に行われる施餓鬼行事の一種で大綱を曳いて集落を巡る。約三六〇年前から続く福岡県無形民族文化財の奇祭。

干し菰を手渡しながら子どもらは盆綱作りの手を覗きゐる

干し菰を捩つて編んで参道に蜈蚣《むかで》のごとき綱を作れり

腹に背に腕に練り煤塗られゆき顔に至りて目をつむる子ら

煤を塗るときは優しくしてほしと幼き児らは老いを見上ぐる

逃げまはる児は初めてか捉まつて老いに練り煤塗られてゆきぬ

練り煤を塗られし顔を見交はして噴き出す子らの歯は耀けり

煤を塗る老いも塗らるる子どもらも父母も報道陣も爆笑の渦

煤塗られ腰蓑つけて荒縄の角を生やせば子らは黒鬼

煤塗られ地獄の鬼と化しし子ら六十五人が盆綱を曳く

綱曳きの子らに塗る煤は近郷の人らが一年間溜めておくとぞ

晩夏の浜

眉のよき木彫りの仏ながれつき浜昼顔のなかに据ゑらる

むすび食ふ児を目守りつつ晩夏《おそなつ》の浜に背を焼く初老の男

宿題は済ませたるべし日焼けせし子ら潮溜まりに寄居虫《やどかり》を捕る

そと向きのたれ目が狆に似たる鯔《ぼら》釣られて無念、こゑたてず吠ゆ

とい浪＝うねる波。

とゐ浪がゴールのまへに泡を吐く食べすぎの巨大鯰のごとく

あご（九州の呼び名）＝飛魚。

波の秀をびしりと蹴つて飛び出しし銀翼のあご舟を追ひ越す

ただあいまッ

息をのむ子らを見まはしおもむろに爺はポン菓子機のレバーをつかむ

目覚めむとおもへど村の祭り日の太鼓あそびを止めたくはなし

湿りたる朝顔のたね採りにくし妻とのいさかひ尾をひくあした

傷つけずに心に触るるむつかしさ、されど心に触れぬはさみし

実家から戻りこし妻リフレッシュしたる口調でただあいまッと言ふ

妻の爪ほどほどに伸びひむがしに住まふいもうと栗を送り来

まはりから稲を食ひゆくコンバイン（まんなか辺がおいしいらしい）

こぬかあめ降りみ降らずみ枝々とくもの巣にちさき玉をおきゆく

しひの実とどんぐり降れりいつよりか狸の見えずなりし里山

十二ヶ月

灯のくらき若八幡にことほぎの笑顔をかはす元旦零時

これはああ臘梅ならむたしかなる予感に角を曲がれば二本

小学生のチアーガールの手袋のやうに反りつつ辛夷ひらきぬ

そよと吹く風にも吹雪《ふき》と散る桜、短歌大会の準備の時期だ

吹雪（ふき）＝宮沢賢治の著書によく出てくる北国の言葉。

宗生寺《そうしやうじ》の棚ふぢ見むと徒歩でゆく結婚記念日の腰病みわれら

方言をまだ知らぬ頃「しろしかねえ」と道で笑みかけくれし人逝く

しろしか＝梅雨期の頃の鬱陶しさを表現する宗像近郷の方言。

これいじやう何を節約しませうか窓あけ放つわが家の夏は

くまぜみに羽化をゆるしてたかだかと高砂百合はひと夏を咲く

露ためてあをしと子規の詠む空に夏のなごりの雲ひとつ浮く

「秋の空露をためたる青さかな」（子規）。

茶碗など買ひ足す要はなくなれど手に取つてみる大社の祭り

活け花の薔薇の実暮れて秋ふかし短歌大会ぶじに終りぬ

二〇一四年一二月八日、六〇年に一回の宗像大社遷座祭に出席。

極寒の夜の大社の遷座祭ほのしろき影が神を導く

朔旦冬至

薩摩なる出水の鶴が羽振りせり帰りこし妻のややハイな目に

反抗期の生徒に対す、反抗期なかりしごとく白衣の次女は

あそぼつてメールで誘ひそのまんまメールで遊んぢやつたんださうだ

次女《こ》に彼を紹介されてすぐに名でよべば息子のやうな気がする

母親の手を離さざりし次女《こ》ご近所へみづから結婚の報告にゆく

「Bさんが認知症ですご配慮を」「分かりましたよ民生委員さん」

鏡にも水にも光の珠すだれ　草間彌生の「永遠の永遠の永遠」

朔旦冬至＝旧暦一一月一日（新月）と冬至が一九年に一度重なる日（二〇一四年は一二月二二日）。
昔の日本や中国では税金や罪を軽くしたり祝事などの行事をしていた。

消費税のモラトリアムで安倍さんは選挙に勝てり朔旦冬至

愛日

愛日はけふがかぎりか宮島は夕かたまけて牡蠣いかだ揺る

大風呂に伸ばしゐし脚ひつこめつクロールで幼ちかづきくれば

人の日＝七種爪。本当は、七草を浸した水で爪をやわらげる。

ヘルニアの腰かばひつつ人《じん》の日に風呂でやはらげし趾《あし》の爪切る

愛日に木群《こむら》の影は移りつつほこらほこらと霜ほぐれゆく

一匹の大蛇《をろち》が遡《のぼ》りゆくごとく流紋つづけり川のそこひに

こぬか雨すぎて臘梅めざめたり氷輪の光かへす坂道

わが影を猛スピードで九十度回転させてヘッドライト過ぐ

杉玉にわら細工の亀のぼらしめ老舗「亀の尾」蔵をひらきぬ

喜寿ちかくよき友を得ついつの日か悲しみひとつ生《あ》れむといふに

錦江湾のマダラギンポやコルテス海のオレンジスロートバイクブレニーなど。
ともし（羨し）＝うらやましい。

ダンスして愛をつたふる魚ともし柔道かと友に嗤はれし身は

わが「仲代」妻が「達矢」を思ひ出す二時間ドラマの終りちかくに

平和の色

さみどりは平和の色か名城の水なき濠にあら草の萌ゆ

やれ寺の苔むす段《きだ》に散りしける桜の花びら踏みしあと見ず

公園にとろんとをれば池の面《も》のネッシーきよろんと儂を見てゐる

スマホへの切り替へ勧められてをり窓はあかるく壁しろき店

泣くこゑはをさまりゆきて子守り歌なかばでやみぬ昼のアパート

手を引かむ抱きつかむ児ら先生が髪をととのへなほすまで待つ

グランドの短パンの生徒ひよいと足上ぐれば腿にぎゆんと筋たつ

ネヂヨ（新潟県吉田町の古い方言）＝泥鰌。

泥鰌《ネヂヨ》なんて知らんと姪に笑はれつどぢやうと言ふのか故郷《くに》でも今は

たんがく（筑後地方の古い方言）＝蛙。

ひすがらの小雨のつぶに蛙《たんがく》のひそみてゐるやふくみごゑ降る

父代の長兄

じふしちで長兄《あに》は大工を職とせり道楽者の父に代はりて
「仲良う」がとぢめの言葉なりしとぞ弟妹《きやうだい》そだてし父代《ちちしろ》の長兄
遠いから呼ぶなと長兄は言ひしとぞ最期まで思ひ遣るなんて、ばか

しろき壁しろき天井こころしろき長兄はましろき骨となりたり

「芳秋」と「匠」は書家で棟梁の証、南無顕匠院釋芳秋

うしろからわが手におのが手を添へて長兄は払ひを教へてくれつ

「毒蜘蛛が」熱にうなされゐるわれに手斧《てうな》で殺すと長兄言ひくれし

建材の余り木で長兄つくりくれし木目はしき浮子《うき》、ぼくだけの浮子

生前の長兄に有難うと言はざりし（生涯じぶんを責めるだらうな）

住むことのなかりし実家、長兄の亡きけふから帰省と言へなくなりぬ

エイリアンの触手

看護師に呼ばれて一人たち上がる時たまゆらのスポットライト

をとめごへ恥づかしげもなく口ひろげ垢を除《と》らする巨大魚われは

エイリアンの触手と化してとらへたる小骨を舌は唇《くち》へつき出す

ほほづきの綵花《さいくわ》ともしや健診で身のたけ二センチちぢみたるを知る

減酒して運動と言ふに決まつてる、保健師の訪ふ前に逃げ出す

常連を真顔で叱る夜もありき九十一の飲み屋の女将

おまへの棺はおれが担ぐと言ひし友新幹線内で血を吐きしとぞ

盃《はい》を置き筆おもむろに取り上げてわが酔ひづらを描きし友逝く

玄関でいつものやうに吠えかかる犬は知らじな自《し》が主《ぬし》の死を

「おふくろ」と言ひさして生徒つめえりの縁こすりつつ首を伸ばしぬ

過飾なく貨殖の才もなきわれの目にそらぞらしアベノミクスの文字

戒めの階段

つゆ明けのどしやぶり止みて農水路の堰は不慣れな瀑布落せり

ホバリングしながら蜘蛛を威嚇せり巣を突き抜けし大雀蜂

左、上、下、右、左ななめ下、目の検査みたいゴーヤー炒めは

にげ水のごとくあれかしつひの日よどうがな喜寿へふみ出しし夏

ちちしろの長兄《あに》の初盆ふる寺の「戒めの階段」しつかりと踏む

クラス会の前の日妣にまみゆれば足ついでせうとお見通しの声

足ついで＝出かけたついで。

「かあさん」と小一のわが呼び違へ触れし先生のあをきスカート

理系へといざなひたるはおまへではなかつたらうか　こひし笹舟

六大学野球早慶六連戦（一九六〇・一一・六—一二）を戦った石井連蔵監督死去（二〇一五・九・二七）。
海老茶はワセダの色。

「若き血」を「紺碧の空」で破りたる六連戦を遺し連蔵さん逝く

連蔵さん、六連戦のとき海老茶色がもつともつと好きになつたんですよ

大島のオルレ

雨男が「民宿一泊プレゼント」当てて晴天の大島であそぶ

白波の寄する素秋は子らの絶えさみしきろかも「夢の小夜島」

筑前大島の海水浴海岸にある悲恋伝説の小島。トンボロ現象が見られる。

大島の地蔵めぐりに妻とゆく細かい銭をたくさん持つて

道の端《は》の地蔵のまへの虹いろの鮑の皿へ五円玉ひとつ

勤皇の志士の月形洗蔵や藤四郎ら受刑者の生活跡がある。

死の前のしましの生を養ひし志士ら想ひつつ佇《た》つ加代浜《かしろはま》

オルレ＝済州島の方言で「通りから家に通じる狭い路地」。今ではトレッキングコースの総称。

福岡県さいしよのオルレ大島の旧軍道のおち葉しづけし

四つ角で地図展《ひろ》ぐれば島びとがどこさん行きんしやるとと寄り来

大漁をねがふ幟は潮風に吹きちぎられて鳥居に残る

杉の神明鳥居。民宿の主（古賀理氏・元筑前大島氏子奉賛会会長）の創作とのこと。

大島の西の津和瀬の鎮神《ちじん》への鳥居の笠木、右が跳ねてる

はなれ瀬＝陸近くの海に露出している岩磯。

はなれ瀬は肌のこごしさ消えゆきて淡く穏しきシルエットとなる

まちさゐのなき大島の民宿に妻としほさゐを聴くよふけかも

はしきやし　沖ノ島見つ大島の津和瀬の民宿発たむ朝《あした》に

III

君と呼びきて

いくさ場となりて呼び名を変へられし血波川はいま畑をうるほす

ちやうどよか休んで行かうといふ妻の尻にはせまし猿のこしかけ

わたくしが相手ぢや不足?ひとり言おほくなつたよ　妻が目を見る

わが妻を君と呼びきて呼ぶたびにお前より君がふさふと思ふ

うすづける峠の道はとほりやんせ喫茶店《さてん》「薄暮」に寄らで急ぎつ

停まりたるバスへ四秒走らずてまた減量のチャンスのがしぬ

雪夜

霜のあさ三人、五人、三人とイディオムみたいに群れて児らゆく

いつしんにタップ、スワイプ、ピンチせる少女の指は手話のやさしさ

晩酌と夕餉のあとに寝入りたりかみさんごめんホメオスタシスだ

年の瀬やガードレールに触《ふ》るるまで車を寄せて救急車を通す

越の国原渺茫と目交ひに顕ちて眠れずまして雪夜は

七十四越してみとせの年の明け空ひびきすらむふるさとを恋ふ

七十四＝宮柊二先生の享年。「空ひびき土ひびきして雪吹ぶくさびしき国ぞわが生まれぐに」（宮先生の歌）。

汁だけでおかず無き妣は骨湯せり子ら食ひ散らしし鰈あつめて

死の淵を見しは忘れて今を生く九十六までとほいなあ妣《かあ》さん

うまれ日に八のつく子ら三人の平成二十八年にさちあれ

大山津見神

金粉の渦のみほして正月をていちように過去へ押す睦月尽

ぶしやうせる書斎に入ればいちまいの光のなかに降れる海雪

腕ひろげ腰をひねつてルンバでも踊りたさうな福岡県地図

寄与の力うせゆく己もどかしく一日《ひとひ》籠れり雪のせいにして

あさなさな葉に露の置くあら草のごとき身体と心でありき

残されし仲間みたりで亡き友のキープの酒を分け合ひて飲む

褻《け》の日にも大山津見神《おほやまつみ》と離《か》れがてに桃咲けば飲む冷やのまま飲む

大山津見神＝酒造りの神。離れがてに＝離れ難くて。

おほかぜに枝こそたわめ盛りゆく桜は五分の花を散らさず

わかき母のかひなのやうな枝かざす水子像の上に五分の桜は

里山のさくら散れ散れわが盃《はい》にひとひらおくれ留守居の夕べ

危険！ＰＴＡ

南国に在りて西空あふぐとき北国《ほくこく》の故郷《くに》はその果てにある

花収まり＝林檎や梨などのお尻のところ。

妣ふれしゑくぼしわみぬ朽ちかけのりんごの花収まりのかたちに

はざ木《ぎ》なきはずの平野にはざ木立つふるさと離《か》りしわが夢のなか

「のぞみ号」過ぐる五分を待たされつ昭和のエース「ひかり号」にて

生家なき故郷《くに》の宿屋でテレビ見る想ひ出の街の見知らぬ祭り

時計屋の旧友《あるじ》に声を掛けで過ぐふるさとの街のたび人われは

とほき日にたやすく越えし四《し》尺余の小川跳ばむとして怯みたり

をさなき日およぎし川の岸に立つ巨大看板「危険！ＰＴＡ」

小やしろは家にかこまれ少女らが水着に着替へし蔭なくなりぬ

斉魚

こぞ訪ひし宗生寺への曲がり角しるべのやうに山藤の咲く

トラクタの後追ひゆけりくちばしで深く掘り得ぬ鷺と鶺鴒

海老、目高、蛭を目で追ひをりし妻つひに早苗田へ手を伸ばしたり

御花＝柳川藩主立花邸。

本日のしまひのどんこ舟が過ぐ「御花《おはな》」の森の濃みどりの下

斉魚《えつ》の刺身塩焼き唐揚げ南蛮漬け、筑紫次郎の幸《さち》で飲む宵

少子化の歯止めに効くと思ふがなあ光ひかへめな堀端の灯は

ＤＩＮＫＳがそやされし頃ゆくすゑの少子化あやぶむ声なかりしや

ＤＩＮＫＳ（Double Income No Kids）＝一九八〇年代の流行語。

やまかひの陶《すゑ》の村里あるきたり水車と杵のきしみ聞きつつ

涸れ谷となるあたりより山鳥のしき鳴く繁道《しげち》ほそくなりゆく

宗像五郎

秀吉に攻められたる城ありしとふ蔦《つた》ヶ嶽はいま「ふれあいの道」

パスカルもアルキメデスも見た筈だ睡蓮の葉の上あるく鷺

あぢさゐを褒めてあるじと知己のごとなるころ別る寺までの途《みち》

尻むけてもつたいなくも小やしろの段をお借りす腰病みわれは

磯《いそ》根《ね》漁《れふ》をまなぶ乙女ら鐘崎でよか婿どんも見つかるといいね

磯根漁＝海胆・栄螺・海藻などを取る潜水漁。京都と愛知から海女さん志望者が来た。

うなさかに育ちきれない比古太郎くびを伸ばしてつのを生やして

いさり舟ひとつ動かずほの白くたなびくごとき潮目のあたり

河口より潮満ち来めり根切れ藻のかをり押し寄す橋の上まで

工事夫らゐやなして入りつ水位柱たふしし宗像五郎ほどの川

山路来てゆかしきかなや小社《こやしろ》と地蔵とあをき紫陽花の花

あしもとの水音《みのと》かそけくなりゆきて宗像五郎の水源に着く

未曽有の雨

のどかなる唐臼のおと絶えしとぞ未曽有の雨に小鹿田《おんた》焼きの里は

報道はされぬ地くづれ回り道すればまた土砂、山を越え得ず

流木とごみで水車はうごき止む朝倉地域は早苗田の季《とき》

をさな児のあらがふ言葉まじり初め向かひ家たのし梅雨明けにけり

妻の背に語りかけつつキッチンで肴《あて》のえだ豆のから積むゆふべ

ぐち言はぬ大人になりぬ父われをはんめん教師にさんにんの子ら

子ら言へり特にないけど感謝つて丈夫なからだを貰つたことかな

かぞふれば平均寿命へ千余日、時のくしやみか一生《ひとよ》といふは

藍子

くきやかな影ひき連れて海へゆく「夏男」の異名とる藍子《バリ》の季節だ

田心姫《たごりひめ》お出ましめさるか海境《うなさか》の光る真昼に釣り竿を振る

田心姫＝宗像大社三女神の長女で沖津宮の神。

傷みたる鉤素《はりす》をかへて糸ふけをとつてかすかな魚信《あたり》を待てり
糸ふけ（釣り人達の言葉）＝糸の弛み。

あの線はダイダラボッチがあをぞらの裏でチョークを引いてゐるのさ

すなはまに児童らごみを拾ひをりさげふてぶくろとふ軍手を着けて

海に近き真水プールに子ら満ちてなぎさ波追ふ影はすくなし

ふたあゐのなごりは消えて海境の奥にひそみけむいさり火が燃ゆ

二藍＝やや赤みのある藍色。

千人針の布

敵艦に突つ込む時は目を開きしつかり見よと「心得之条」

神兵と呼ばれ玉砕、散華《さんげ》とふことば着せられ死にし人はも

にぎりしめて兵かへりけむ縫ひ玉の赤まだ褪せぬ千人針の布

「埴生の宿」歌ひし兵も返しこし兵も死にしも水島もヒト

水島＝『ビルマの竪琴』（竹山道雄・作）の主人公。

ほほ硬く記念館を出づ兵たちの手蹟《て》の乱れなき遺書読み終へて

八月の空あをあをしまがつ雲な立てそな来そしやぼん玉とばそ

巻高校の近くを通つたとのみ書ける亡き友のはがき捨て得ずてをり

ぬれ縁でふかす煙草をいくたりの友の迎へ火となす盆の宵

ヤバーイと花火へ叫ぶ少女らのナマアシ川にマギャクに映る

スーパームーン

縋らずば美《は》しく生き得ぬ身を枇杷にゆだねて天糸瓜実を生らしたり

「との字」とふしやれた名前は誰のこと知らぬ半兵衛と天糸瓜は揺るる

との字＝いろはの「へとちの間（ま）」にあるので「へちま」のこと。

種ひとつ除《と》れず網目に残りたる太き天糸瓜で痩せ腕を擦る

繊維部分だけ残した天糸瓜を垢擦りに使う。

一枚目は倒されにけり二枚目は捨てられにけり「捨てるな」の看板

相手には聞こえざらめど礼を言ふ右折のときに道ゆづられて

注意など聞かぬが子ども「注意」の字丈のばしつつ迫る通学路

男子に手とられて女子は腕ひらく検電器の箔のごとくふわあと

風のあさ石灯籠のひぶくろに古舟《こしふ》のごとくこほろぎの泊《は》つ

ひぶくろもほうじゆも失せし灯籠の請け台にあまた幸《さち》乞ひの銭

をしふるとならふはリズムからみつつ祭りの笛の練修すすむ

すつぽんに潜みゐしごとく隣り家の垣越しに出づスーパームーン
すっぽん＝花道の舞台寄りの七三と呼ばれる場所にある小型のセリ。

月あをしポットにそそぐ湯の音がしだいに高くなりゆきて　止む

短歌大会

ともだちにいぢられながら高宮へぶらぶらとゆく新郎新婦

澄みそむる池のそこひに寸ほどの緋鯉らしづか菊の咲く宮

ゆつたりとあぐらをかける古き根が懸崖を着る作品「延寿」

亡き友に似る人のゐるひとところ明るく見えつ司会席から

一〇年間務めた宗像大社短歌大会事務局長を退く。

短歌大会の役退きし夕べ独り飲む地元の銘酒純米「沖ノ島」

神のかがり火

けふ逢はむひと想へるやめうれいの婦人目をとづ髪切らせつつ

イヴちかしパパらしきひとメモを見て玩具を見つめ鼻をこすりぬ

広告紙うらに返せば真白なるわたくしだけのランチョンマット

ま冬日にいま頃が旬とテレビ言ふひとつぶ千円の苺映して

消せぬ恥つぐなへぬ罪をおほどしに浄めくれぬか神のかがり火

日本橋石町の鐘＝「石町は人を寝せたり起したり（川柳）」。この音が聞える範囲の人から月一文を取り立てたという。

石町《こくちやう》の月一文の音はいさ知らねど里に年越しの鐘

目覚めても急かさるることなき日々とならむ今年は晴れで始まる

「おとおさん」ひげ面の婿寄りくれば老いの背のばす盃《はい》持ちあげて

眠れる独楽

荷をおろし日月火水木金土すべて初春の空のごと　青

ひとつでも「役」は持ちおけな老いそと四十代の甥に叱らる

群来《くき》しろく広がりをらむ宗像の店にも藍《あを》き目の鰊並む

群来＝鰊が産卵のため海岸に寄って海水が白く濁る様子のことで、北海道の春を告げる光景。

百田尚樹・作『海賊と呼ばれた男』は宗像市赤間出身の出光佐三氏がモデル。蔵開きの日に赤間宿祭が開かれる。

酒林かをる赤間宿『海賊と呼ばれた男』の生家ひらかる

びやうじやくな妻より先にたび立ちぬ家事ばんたんを教へられし友

のこさるる辛さにたぶん耐へざらむじこ虫の亭主関白わしは

妻さきに臥すやも知れずおひめ様だつこにそなへ足腰をきたふ

ひだまりに眠れる独楽のしづかなる後期高齢のあさゆふもがな

動的平衡

「のん兵衛は麻酔が効かんぞ」のん兵衛の友に脅され酒をひかへつ

『群青の影』＝杜澤光一郎氏の歌集。

手術後の痛みは知らね待つ間《あひ》をしづこころに読む『群青の影』

きよらなるかけ流しの湯に沐浴す手術《オペ》受くるまへの身体髪膚

目覚めたら手をあげてヨオと妻へ言ふつもりで手術室へ運ばる

手術《オペ》前と目覚めの時の間《あひ》が失す瞬間接着剤でつなぎしごとく

眠りとはちがふ闇から目覚めとはちがふ覚醒をする手術室

看護師の含ませくるる微温《ぬる》き茶が術後の喉の渇きうるほす

いくさ場のひん死の兵士おもひをり麻酔切れたるのちの痛みに

イリゲーター引いて歩けばそこのけと言はむばかりの姿勢はづかし

イリゲーター（英語）＝点滴袋等を吊るすイルリガートル台。

退院は四月一日、うちぢゆうの三月のこよみ剥ぎまはりたり

手術《オペ》受くる前の禁酒で二キロ痩す動的平衡とどこほりなく

物理的・化学的ではなく、福岡伸一氏が生命の定義に提示している分子生物学的な動的平衡。

神籬の森

よそとせ余住み馴染みこし宗像のいにしへの話『姫神』を読む

『姫神』＝宗像族の小説（阿部龍太郎・作）。

白足袋のつまさき反らし高宮《たかみや》へみたりの祠官じやりを踏みゆく

世界遺産候補となりし神籬《ひもろぎ》の森に響かふ柏手《かしはで》の音

イコモスの追風《おひて》吹かねど神籬と新原《しんばる》・奴山《ぬやま》古墳群あをし

二〇一七年五月現在、沖ノ島以外は除外された。

慈しむ島とふ地島《ぢのしま》、厳島みな市杵島《いちきしま》姫に由来するとぞ

市杵島姫＝宗像三女神の末娘で辺津宮の神。広島県の厳島神社だけでなく浜名湖近くにも「市杵島神社」がある。

さすたけの皇室《おほみや》の人ら地島の稚海藻《わかめ》を食《を》して幸《さき》くありこそ

地島は宗像大社を通して毎年皇室に極上のわかめを献上することで有名。ありこそ＝あってほしい。

宗像を知らざりしとふ旅びとに応へつつ共に大島へ渡る

遥拝所のふるき燈籠に「瀛津宮《おきつぐう》」、石柱に「瀛嶋拝所《おきのしまをがみしよ》」とあり

み社が世界遺産に決まりなばたらふく飲まむ銘酒「沖ノ島」

世界遺産「むなかたさま」

丁酉＝平成二九年（二〇一七年）の干支。七月九日『**神宿る島**』**宗像・沖ノ島と関連遺産群**が世界遺産に登録された。

丁酉の夏のよきこと「むなかたさま」が世界遺産に決まりたりけり

草ぬれを風にゆだねて野づかさは世界遺産らしき獅子の粧ひ

ミーム＝ドーキンスの提唱した専門用語で人から人へ伝えられる文化的情報のこと。

いにしへの人のミームは継がれつつむなかたびとの胸に伝はる

お言はずの島のほそ道のぼりゆくテレビカメラの視線とともに

崇仁殿下は沖ノ島調査に二回ご参加。昭和五〇年の歌会始に「沖ノ島森のしげみの岩かげに千歳ふりにし神祭りのあと」と詠まれ、百合子妃と共に自筆の歌碑を宗像大社境内に建立された。二〇一六・一〇・二七薨去。享年一〇〇。

沖ノ島の海で禊をされしとぞ崇仁殿下もイコモスの人も

沖ノ島を「神祭りのあと」と詠みたまひ歌碑建てられし崇仁殿下

鐘崎の宵

巻高校の同級生達が宗像へ来てくれた。

ゑちご弁つつしみ合ひてしまらくを沖ノ島の金の指輪に見惚る

馬に載せ手綱を引かばしやんしやんと鳴り出しさうな国宝の雲珠《うず》

旧友と大社にまうで古墳《つか》をめぐり鐘崎の宿で「沖ノ島」を飲む

むそとせを会はざりし友にさん付けで呼ばれてくんを飲み込みにけり

旧友と想ひ出のピース出し合ひて虫食ひジグソー・パズルを埋めゆく

少年に還る友らとあらためて友となりたり鐘崎の宵

イヤ・ワーム十日も棲めり旧友と校歌、応援歌をがなつた後は

イヤ・ワーム＝頭の中で繰り返されるメロディー。

針刺し

満つるなき九割欠けの三日月のななじふはち歳になりにけるかも

のら猫を川に放りし罪ふかく秘めて生き来て喜寿あまり一つ

ぶしやうひげ剃つてせめても七十五くらゐに見せむ帰省する子に

「傘お持ち」喜寿越えしわれに妣のこゑ（予報は10パーセントだけどなあ）

幼き日母がにほひき髪の毛を布で包みたるまろき針刺し

寝押し後の畳目しるき黒ズボン穿いて出かけし少年の日々

首の根の手術の痕に触るるたび女医の力ある目を想ひ出す

壊死したる細胞《セル》は非自己かはた自己か自己もどきのガン今は無しとぞ

ぜつたいにのぞきたくなし覗きたし泰山府君の寿命のノート

泰山府君＝人間の生命を左右する冥府の王。

親子丼

亡き者のグラス三つにもビール注ぐ還暦の教へ子のクラス会

教へ子の無邪気さに目がうるみたり常務や社長にやとても見えんぞ

会ひ別れ集ひ分かるる教へ子の（儂にはたぶんラスト）クラス会

山茶花に蔓からませて形よく五キロに育ちぬ天空冬瓜《とうぐわ》

墨あはく「海」と書き上ぐ陽のしづむ宗像の海が好きといふ妻

缶ビール飲みながら親子丼つくる書の教室から妻かへるころ

追ひしの「し」別れめの「め」が腑におちぬ理系のわれが短歌にあひて

うちに向きゆたかに花を咲かせゐる無花果のやうな歌を詠みたし

コスモス短歌会では毎月一〇首投稿できる。

思惟《しゆい》せる菩薩のごとくほほに指あててなやめり十首目の歌

数のある歌

一升彫り＝水を注げば一升は入ると思われるほど深く碑に彫られた字の様相。

鼻のへの一升彫りのやうなるを豊かで麗しき線とＣＭはいふ

矢をつがへゆつくりと胸に引きつけて的ねらふ孫の五秒間の寂《せき》

羽羽＝大蛇。

八つ首の羽羽《はは》のごとくになりてなほ朔風ふせぐ海の辺の松

棟梁が強ひて設《ま》けにし階段の手摺に頼る十年後いま

児らのころ戻りきたれり四十年まへは新興なりし団地に

宴たけて写真とるぞと友がいふ五十年のつき合ひで初めてだ

我儘で家事無能者で物臭で夜更かしの儂は五十九点

独英辞典、科学歴史書、工学書、世界思想全集八十巻、を捨つ

南無大師遍照金剛、百八つの菩提樹の実で数珠作らむか

大吟醸まいばん飲まば短命とならむゆゑ九百円の酒にす

暁ちゃん

早大の同じ研究室で育った野上暁一君（九州工業大学名誉教授・工学博士）逝く。

いうしうでユーモリストの暁《げう》ちゃん死す、れつとうせいの俺より先に

暁ちゃんも老いてゐたのか髭面で共に徹夜実験せる日ありしが

暁ちゃんの訃報入りし夜暁ちゃんの夢見つ、いちども見しことなきに

かなしみの切れ端のこる目覚めなり笑顔の暁ちゃんまだゐるやうな

メール返信なきはまさかとわが家までとんで来た隣り町の暁ちゃん

むそとせの付合ひなれば窓の外《と》で呼ぶ時いつも暁ちゃあんゐるかあい？

奥さんは「ぎょうちゃん」と呼んだことは一回もなかったと言う。

暁ちゃんの遺影に触れて暁ちゃんと初めて呼びぬ暁ちゃんの妻は

かさね着をしてもわが胸ぬくもらず暁ちやん逝きしのちの雪の夜

冥途へのとび石敷かれゆくごとく忘れ得ぬ命日またひとつ増ゆ

IV

純金の銀河

インスタ映えにはほどとほき老い顔にカメラちかぢかと寄るお正月

娘ら婿《こ》らワインの栓を抜き得ずてちがふよかうだと顔を寄せ合ふ

あとじふねん生きよと子らの言ふからに酒もう一本燗したくなる

親のぶじ確認のためと正月に集まつて飲んで子らは帰りぬ

成人式終へし自《し》が子にはじめての酒を注ぎやる下戸のむこ殿

老い儂のままならぬものは痒き背な飲み明かしたきむこ殿の下戸

妻を名で昔のやうに呼んでゐる、子らが巣立ちし後《のち》いつしらに

雪の夜やコップのなかの純金の銀河のみほして褻にもどりゆく

王羲之の書

古びたる引き戸きりきり開かれて蔵の新酒の香があふれ出づ

盛り切り《もっきり》にして受け枡へあふれさせさらにひと注ぎする亭主、好き

もっきり＝枡の中にグラスを置き溢れるくらいに酒を注ぐこと。

湯どうふが冷やつこに肴《あて》のかはる日が九国住まひの春のはじまり

桃の花《くわ》をいちりん庭に見しからに声うらがへる老夫婦の朝

すすりてもかき回してもだめだこりや番茶の茶ばしら底にふて寝す

「王羲之と日本の書」展にて二首。

王羲之の書をぢかに見てゐるうちにひとさし指がうごき出したり

書き下ろす流れは強く渇筆のなかに粘りあり信長の書は

包丁の音

年ごとに味も形もよくなれるおはぎ持ち来る長女を待てり

ひとり身の倅のメールとほのきぬ悩み解けしかはた隠せるか

「母さんと一緒で父さん羨ましか」次女《すゑつこ》言ひき嫁ぎゆく日に

親要らぬ子らに育ちぬさういへば忝くも儂もさありき

父恋ひの歌は？と友がいぶかしむ名と享年しか知らないんだよ

口にせしことなき五文字「おとうさん」妻と子ら儂をさう呼び呉るる

いそとせ余おなじリズムでおだやかな目ざめをさそふ包丁の音

歌詠める今がしあはせ戒名に「桔梗」を入れてと妻にたのみつ

あの世まで持つてゆくことおほすぎて閻魔大王に舌抜かれさう

すこしだけ本気で拝む呆け封じ観音菩薩「オンアロリキャソワカ」

さくら木の影こそなけれ花びらが一つただよふ野のわすれ水

二豎

モニターはくきやかに見す身の内の朱鷺色の壁のこごしかる塊《くわい》

健康法のアンケートに答へひと月後ガン告知さる、わらへないなあ

酒うまし腹いたくなし健やかとおもふ身の内に二豎《にじゅ》はひそめり

二豎＝病魔。

詠めど詠めど歌さだまらず生と死がかはるがはるに目を流し来て

わらはないひと日だつたと言ふ妻の腋をくすぐりつ厨に入りて

おだやかな梅雨であれかし夕まけて雨ひそやかに枇杷ぬらしそむ

血尿

いたくないいたくないはず病院の掲示の文字はまるつこいから

わが眼見て機器視てガンの手術《オペ》はじむ女医と麻酔医と看護師四人

二〇一八年七月六日、オウム真理教の教祖・麻原彰晃と元幹部六人の死刑が執行された。

わが罪も流すか血尿垂れつづく「オーム」の七人処刑されし日

二〇一八年七月上旬、九州北部は豪雨に襲われた。

血尿の垂るるよりつらき人たちが濁流を前にただ佇《た》ち尽くす

くきやかな影捺す畏日こほしもよ居直りの賊のごとき黒雲

烏兎わたる舟のありなば戻りたし禁泳の川で泳ぎしわるに

遺伝子

膀胱ガン？なあんだと言ふな青年の松田優作を殺したんだぞ

再発率五割のガンとぞ二度病みし肺炎のときより死の影は濃し

祖父・伯父・長兄《あに》みなガンで死す遺伝子はりちぎに役を果たすものらし

垂れやまぬ術後の血尿しかすがにひたすら臥して安けきろかも

金子みすゞの詩集一冊ともがらがガンに効くよと差し入れくれつ
金子みすゞ『こだまでしょうか、いいえ、誰でも。』

エアコン付き病室もいいが夏だもの汗うんとかくわが家が好きだ

大仏の掌

手もと見で女医あざやかにキー打てりわが体調を訊きとりながら

いつぱいの酒をゆるさる手術後の痛みと尿のにごりがとれて

ガン退治はじまりて週のスタートは日曜でなく火曜となりぬ

酒を飴、抗ガン剤を笞にして女医はきばうへのしんばうを命ず

ガン薬よできることなら儂でなく儂もどきだけやっつけてくれ

ガン薬を信じてはゐるが妻とふたり薬師如来のまへに目を閉づ

手術《オペ》ののち萎えしるき脚よたのんだぞ、あけぼの杉の並木路をゆく

湯治への途次の岬で「恋人の聖地」の鐘を妻と鳴らしつ

ケータイを切れば時なく大仏の掌《て》に臥すここちする湯治宿

里山消えて

造成がやがてはじまる里山のさくら最期の花咲かせたり

地の腫れのやうな里山をさな児が入りて野イチゴ採る日もありし

熊蟬よ嫁さんは見つかつたかい、崩されるんだよその里山は

里山がひらかれ始め蟬と蛇うちの菜圃に逃げて来たりぬ

家居する年金者わしは感謝せり畏日の下で木ぎ伐る人ら

里山の木ぎが伐られて玄関のあかり採りから夕かげ入り来

工事びとが動力ショベルで掘りくれつ崩さむ里山の萩のひと株

おほかぜの過ぐるを待てり造成地に巨大クレーン首をすくめて

子ら想ひつつ落ち葉掃く妻さみし自宅のまへの里山消えて

窓の外の里山は宅地造成でハザードマップから削除されたり

軟着陸

大分県日田温泉に療養して四首。一九五三年、三隅川は洪水に襲われた。

そのむかし水の迫りし高さまで橋脚あをく塗られてありぬ

山やまをまさかの川を家なみをおほへるもやの底で目ざめぬ

峠より谷を見入れば朝もやの底にほのかなもみじ葉のいろ

しめ縄のわらをとるとぞ一枚のせまき刈り田にひとつらの稲架《はさ》

未練なく子らは放つて巣立ちたり筆箱、マフラー、漫画、木刀

憑きものの落ちたるごとく子どもらが捨て置きゆきし漫画本捨つ

ひだり手でキー叩きけむ旧友のふみの終りに自署ふるへたる

八十路へのみちは冥《くら》きかガンの身は黄泉路へまよひ込むかも知れず

はなびらに軟着陸せし雪融くるやうな一生《ひとよ》の仕舞ひもがもな

おッはよッ！

「怒」の中のわづか一文字「又」を「口」に替ふるあたはずいい歳をして

気にせずば伸び放題のあごひげも無きに等しと禅師は説きき

禅師＝故・岡田仏心氏。

仏心禅師に教はりし数息観《すそくかん》つとむれどいまだ仏心を得ず

うつの気をはらひ得ぬ身をはげまして海ちかくまで石蕗《つは》つみにゆく

ガンに克つ秘薬は笑顔と電話きつガンとの付き合ひながき次兄《あに》から

もしガンに克てたら命あるうちに少しはましな奴になります

から元気みせてるうちに本当に元気になるやも知れず、おッはよッ！

炊きたての麦めしを食ふ野に摘みし芥子菜の塩漬けたくさん載せて

カウントアップ

やよひ朔いちぜんめし屋で爺さんが酔つて歌へり「仰げば尊し」

六十年来の友とふたりで飲むゆふべ逝きし仲間がつぎつぎ寄り来

六十年来の友と酔ひたりくんなしで呼べる奴がまだゐて嬉しくて

また飲まう生きてゐろよと強き目で友言ひのこし列車内へ消ゆ

墓はよし葬儀予約金は振り込んだ「桔梗」入り戒名は十一文字よし

葬式の予約金払つた冥途へのカウントアップさあ始めるか

鏡など今さら要らずムツゴロウと儂は似てゐる、じつに似てゐる

クシャーンのほとけの鼻の若者をどんこの儂より好むらし妻は

ひだりだけ冷たいといふ妻の手をふうんどれどれと言ひつつ握る

新元号「令和」

二〇一九年五月一日元号が「令和」となる。

長官の掲ぐる「令和」見てすぐにパソコンの辞書に登録したり

パソコンの辞書に収めし新元号「令和」をくり返し呼び出してみつ

丸める＝四捨五入・切り捨て・切り上げ等の処理のこと。

ろくろくと生きて丸めて八十路なり小石ばかりぢやなかつたけれど

読みなほして捨つる終活に日々つとむ死ねなくなるほど沢山の本

『三太郎の日記』＝哲学者阿部次郎著。犬の耳（ドッグ・イヤ）＝読書を中断した処で折り曲げるページの端の三角。

寝入るさの癖なつかしも『三太郎の日記』におほし犬の耳の痕

妻と子にぜつたいないしよ宴会で泥鰌すくひをやりたかつたなあ

やまんばよ

そだね～＝北海道のカーリングの女子選手の口調で有名になった。

聞くほどに独り泣かるる、「そだね～」は越後の妣の「そらね～」に似て

仮名さへも誤字おほかりき九歳で子守り娘《め》となりし妣の手紙は

「死むは死ぬ」標準語ではさう言ふと教はつても「む」は直し得ざりき

紅花墨《こうくわぼく》を「おはなずみ」とよびき紅の字の草書《くづし》を知らぬ小一の頃

撮つたひと撮られたことは忘れたがアルバムの少年歯が白いなあ

奉安殿こぼたれたる秋うき沼にゆふげの菜《さい》の菱の実採りき

男子らの憧れなりし美少女が「やまんばよ」なんてみづから言ふなよ

おまへまで逝つたか故郷《くに》のいぢめつ子いましばし待てまた遊ばうよ

あをき田のあまねき平野ふた分くるワンマン列車でふるさとを離《か》る

再発なし

泣いてゐる蟬かかへこむ蟷螂をけとばすかどうか　寺へゆく道

鯉のため底のみづごけ残しつつ六地蔵池の清掃すすむ

ふくよかな仏、　菩薩のおん前にＢＭＩ25は胸なでおろす

ヌードではなかつたのですね寝ぼとけさん胸に衣文のいくすぢ流る

少年に席をゆづらる腰病みのガン病み爺《ぢぢい》と見やぶられたか

バスで席ゆづらるるほどの貢献を世間にせしや、八十歳けふ

「再発なし」の診断聞きしかへり道みづたまりの面《も》の青空を行く

見る人の数だけイメージかかへ込みときに泣くのか重くて雲は

生うけし北からはるか南《みんなみ》のざいごに終へむ人生《よ》、たのしからずや

八十歳だもの

はがいか（九州弁）＝はがゆい。

体力の微分係数いつしらに負となりてひさし、はがいかなあ

立つたまま足ざふきんで床を拭くこれでいいのだ八十歳だもの

自信なんて重いか軽いか分からない八十年生きて持つたことなし

手や顔のしみに似るものひそむべし八十年も生きた脳には

曝貝《されがひ》となりたる八十路とほき日に火映のごとき初恋ありき

歯が二十以上のこれる八十路なり噛んで砕きつ好きな炒り豆

歯のあるはかくもしあはせ好物のするめ烏賊のげその天ぷらを食ふ

老後の３Ｋ＝「健康」「お金」「孤独」。

消費税あがつて年金減らされて「老後の３Ｋ」はかんぺきだ、もう

恕《ゆる》しても責めても胸は霽るるなし限りなきやさしさ持てぬか八十路

八十路にも霽れぬもやもやありますがリセットせねば令和元年

デジタルに頼れどファジーのふさふ国「ま、いッか」でゆかう八十歳だもの

教へ子

なんどでも見納めせむと教へ子ら毎年わしをクラス会に招《よ》ぶ

死ぬまでの姿見せてと教へ子ら（さういふ役目もあつたか儂には）

ながらへと励ましくれし教へ子の死去の話に喉の奥閉づ

夜明けまで飲む日もありし教へ子ら九時にクラス会をお開きにせり

ことなぐし

屠蘇かをるテーブル囲み八人で令和二年穏しかれと祈《の》む

朱の盃でことなぐし飲むかならずや葉月に平均寿命こゆべく

ことなぐし＝災厄を払い除き平安無事を祈る酒。

ゲバ字＝一九六〇年代、学生運動の頃使った造り文字。

いつよりかゲバ字の賀状たえて見ず安保も手書きもとほくなりぬる

ちぎりつつ少しづつと餅の食ひ方を娘《こ》らにはじめて叱られてしまひぬ

をそはつた記憶があると子ら言へり箸をただしく持つ手を見せて

荷をしよつて坂を下つて行つたつけ自立せむ倅ふり向きもせず

伐採と造林の夢をとつとつとされど熱つぽく倅は語る

三人の子らそれぞれの反抗期すつかり忘れ鼻めがね掛く

いちまいも取れないけれど味はへるほどにはなれた百人一首

コロナ禍

二日かけビールの肴《あて》にして食へり八十一個の鬼遣らひの豆

蔵でしか味はへぬ無濾過未調整大吟醸原酒を二はいも飲めり

媚《び》・阿《あ》・諂《てん》・諛《ゆ》の不得手なままに木の色の尺取り虫となりて生きこし

巻桔梗とふアバターは儂よりも儂を知つてゐるやうな気がする

椀ふせて台打つ幼児ほんものを知るやぱかぱかと音は野を駆く

容疑者の心ひらけるか潤みゆく目を引き締むるドラマの刑事

筑豊のぼた山、炭住、嘉穂劇場、「寅さん」映画に遺産《レガシー》を見る

観客は十五日間なかりしが土俵の側面に走るひび割れ

新型コロナ感染拡大のため二〇二〇年春場所は史上初の無観客開催となった。

コロナ禍でマスク、トイレ紙、小麦粉の消えて戦後のやうな買出し

ちさき瞳

さくら咲くゆゑにはあらで人けなきゆゑに狂ひはせぬかコロナ禍

Y・Z世代のやうには飾《デコ》り得ずアベノマスクを洗つて使ふ

Y世代＝一九八〇―一九九五年生まれ、Z世代＝それ以降の世代。マスクを飾（デコ）る世代と言われる。

先天性のちさき瞳で君の髪しろくなる迄を見守《まも》りきたりぬ

著者は先天的に瞳が開かない病をもつ。

君よりも烏賊天ひとつおほいこと気づいてゐるよ夕餉の天丼

「くやしいが電話に出るのはもうきつい」共に老いこし友の嗄れ声

読むちから辛うじてあるといふ友に話しことばの手紙を書きぬ

フラワームーン

巣ごもりの夕餉たのしむ、一人づつ七福神います盃をかへつつ

フラワームーン＝五月の満月（二〇二〇年は五月七日）。

巣ごもりが年寄りでさへ耐へがたくなるころ出でぬフラワームーン

指と目とマスクのべこべこ読み取つて子らはあかるし通学の道

コロナ禍はほんとに明けか教室の開けられし窓へ朝かげの射す

はらばひて漢和辞典を繰り始む「偏」と「旁」を教はりし少年

爺ちゃんと長女《こ》から呼ばるるこそばゆさなかなか消えず八十路すぎしに

ぼくがおれ、わたくし、わしと変りゆき平均寿命に近づきにけり

ひとり言にも応へくるる妻しあれば友に後れしつらさ癒えゆく

蔵書再読

「捨てるな」の看板マスクを拾へずに巻爺《ぢい》が処理するのを待てり

朝湿る「わんぱく広場」マスクせる元わんぱくら槌で玉打つ

おもひ出を拾ひつつときに立ち止まる終活のひとつ蔵書再読

『善の研究』＝哲学者西田幾多郎著。スピン＝製本の専門用語で栞紐のこと。

なまいきにこんなのを儂は読んでたか『善の研究』のスピン毛羽だつ

チコちゃんと恩師にきつと叱られる未読蔵書も残つてるから

とほき日のけんくわ相手に励まさる「俺もガンだがまだ生きてるぞ」

若かへ＝若い頃。

若かへにふみを交はしし友の字がおもひ出せぬままメール返しぬ

家庭教師の家で食ふ夕食がゆいいつまともな飯でありにき

舘ひろしほどかつこよく飲めないが切子グラスに「沖ノ島」光る

認知症テストは九十超えたれど最後の免許更新とならむ

つゆ草の束

生まるるは仏か地蔵か石いくつ彫らるるを待つ霊場の街

みかづきの眉なまめけり名工が彫りしばかりの観音仏頭

さいせんは生者《しやうじや》のためにらふそくとせんかうと鉦は泉下《したへ》の人に

あたらしき水子像ひとつ仲間入り手作りらしきブルゾン羽織つて

香煙に煤びて色の判じ得ぬ千羽鶴の願「C子、目覚めて」

わしよりも先にそなへし人のあり延命地蔵につゆ草の束

天気図の上を這ひつつ九州へ触手を伸ばす渦のアメーバ

台風は九国ねらふやジュピターが墨流し《マーブリング》遊びせるごとき乱雲

強き風耐へ凌ぎしを喜ぶか枝でハイタッチしながら木々は

破《や》れ銘菓よく売れてゐる春は「おぼろ」秋は「しぐれ」と呼び直されて

歩幅五〇センチの喜寿の友まぶし平均寿命を超えて生くれば

母の歌

くり返し夢に出でくる生まれ家はしょんべん小路の雨もり長屋

奉安殿、金次郎像なく校舎なく小学校跡は「学校町」となりぬ

前壷に草の茎差す通学路、傘さしくるる女子はなかりき

前壷＝下駄の前緒をすげる穴。

みやげ用六角凧のあいらしさ（丈こすやつを揚げてたぞ儂は）

明日《あす》待つ気湧き来と言ひし夕焼けを浄土つて明るいねと晩年に母は

詠まるるを知らずに逝きし母よ母、母にとどかぬ母の歌詠む

そがい（背向）＝うしろの方。背面。

また来よと母が手を振るやうに揺る墓のそがひの一叢《ひとむら》の竹

新潟県弥彦神社の木の神馬。子どもの頃ほんとに動くと信じていた。

ことあらば駆け出すといふ木の神馬すくなくとも七十五年うごかず

新潟県岩室の夏井に遺されていて有名。

役終へし六〇〇本が遺されつ越後平野の「夏井のはざ木《ぎ》」

想ひ出に泣かされ癒され時として苦しめられたりするんだよなあ

自粛の歳夜

咲庵（しょうあん）＝二〇二〇年度ＮＨＫ大河ドラマ「麒麟が来る」の主人公・明智光秀の雅号。中山義秀の小説『咲庵』もある。

明日知れぬ戦の日々に咲庵の詠みつつ和む夜もありしか

生き逢う＝生き存えて出逢う。

生き逢はむ友のふみ絶ゆ泥鰌つ子をシーラカンスに見せくれし奴

月づきのわづかな小遣あまりたり新型ウイルス避くと籠れば

モマ（梟）笛＝年寄りが吹くと誤嚥防止になると伝えられている地元の民芸品。

ステイホーム解けずて籠る年寄りの吹くモマ笛かゆふあかねの中

こもり居の友から電話来、くちびるの上と下とが仲良くつてさあ

布手水（神社の呼び方）＝消毒用ティシュペーパー。

配らるる布手水《ぬのてうづ》で手を浄めたり神水に細き縄張られゐて

葉にむすぶ露を見たくて放置せる里芋ことしも育ちて枯れぬ

雪を聞けばしのに想ほゆ人生の二割ほどしか住まざりし故郷《くに》

若者と語らふ機会減りゆきて新語が分からなくなつてきた、ぴえん

親いらずなりて久しく親いらぬ子らそれぞれに自粛の歳夜

あとがき

短歌を始めて間もない六〇代の頃

・顔のしみを長生きマークといふ妻と平均寿命までは生きたし（第一歌集『碑の蟻』）

と詠んだ。長生きする自信がなかったのである。しかし、人の命は分からないもので二〇一九年に傘寿を超え、二〇二〇年には平均寿命をも超えることができた。長生きしてほしい友の方が多く先に逝った。逝き後れた辛さと寂しさは耐え難く己を恥じ責めて悩むが、一方で、長生きしたお蔭で歌集を編集できるんだぞと友に励まされれば、ただただ有難いと言うほかはない。

第三歌集『神籬の森』は、当初、自選歌を、Ⅰ（二〇一〇―二〇一三）、Ⅱ（二〇一四―二〇一五）、Ⅲ（二〇一六―二〇一七）として構成し、二〇一九年度に上梓したいと考えていたが、二年も遅れてしまった。二〇一八年、取捨選択の作業を始めて間もなく膀胱ガンが見つかって手術を受け、その後抗ガン剤治療を受ける生活となったため中断せざるを得なかったからである。二〇一九年には、内視鏡検査やＭＲＩ検査などの定期的検査を受けながら、幾つかの持病の為の通院という生活になって、結局、二〇二〇年に最初から編集し直すことになった。この「もたもた期間」の作品については、年齢・健康など諸事情を考慮すると第四歌集を編む機会はないと思われるので、続けて自選し「Ⅳ（二〇一八―二〇二〇）」として追加することにした。結果として、七〇九首という異例な収録数となってしまった。

収録歌はほぼ制作順に編集した。ただし、連作として或いはテーマを意識して制作した作品は、制作時期が離れていても許容範囲でまとめるようにした。

第三歌集の題名を『神籬の森』としたのには、理由がある。

第一の理由は、宗像に転入した一九七三年から現在まで、日々親しみつつ敬ってきた宗像大社の存在である。短歌を始めてからは、宗像大社に関連する歌をたくさん詠み、第一・第二歌集にはもちろん第三歌集にも収録した。

第二の理由は、縁あって二〇〇七年から一〇年間「宗像大社短歌大会」の事務局長を務めたことである。大会運営にあたって、宗像大社には多大なるご支援を頂いた。このご恩は生涯忘れることはできない。

第三の理由は、宗像大社が二〇一七年七月九日に**『神宿る島』宗像・沖ノ島と関連遺産群**として、世界遺産に登録されたことである。著者にとって大きな喜びであった。

作品の内容は、宗像近郷の自然やできごと、宗像大社関連のこと、妻子や家庭生活のこと、自分・友人・教え子のことなどで、身近なありふれた歌が大部分を占めている。社会詠・時事詠は残念ながら不得手で、殆どない。旅行はしないので観光詠もない。遠出らしき作品はと言えば、帰郷（新潟県吉田町）の時や福岡県内の親戚の家あるいは湯治宿へゆく途次などに詠んだものくらいである。

かく平凡で地味な歌集であるが、読者の方々が少しでも楽しんで下さり「生の証明」（宮柊二先生の言葉）の影を僅かでも読み取って下さったならば、著者としては幸甚の至りである。なお、第一・第二歌集を読んでくれた友人達から「辞書引かないと読めないよ」「簡単な説明がほしい」などの感想を貰った。表現能力の欠如が指摘されたことに他ならず恥ずかしい限りだが、第三歌集では思いきって—煩わしくならぬよう配慮しつつ—ルビや詞書を付して、読み易さ鑑賞し易さを優先させて頂いた。

表紙の写真「神籬」（高宮）は、宗像大社のご了承を得て著者が撮影したものであり、題字は妻の竹田瑩春（千代子）が千原艸炎先生（大分県日田市）のご指導を頂いて書いてくれたものである。

定年直後の二〇〇五年四月に入れて頂いた「コスモス短歌会」を、二〇二一年三月に退会した。「命あらば八〇歳まで」と考えていたが、いざとなると去り難く延び延びになってしまった。選者の皆様ならびに福岡支部の先輩諸氏ご同輩には、厳しく温かくご指導ご交誼を頂きました。心より感謝の意を表する次第です。今後は、数々の教えを忘れずに、折に触れて詠みながら楽しく晩年を送りたいと思っております。有難うございました。

第三歌集の出版にあたり、櫂歌書房の東保司氏に大変お世話になりました。有難うございました。

二〇二一年　八月一〇日

巻　桔梗

著者略歴

著者　　巻　桔梗（本名＝竹田敏雄）

住所　　〒811—4175
福岡県宗像市田久　5—25—17

略歴　　1939年新潟県生。新潟県立巻高校卒。早大理工学部卒。早大大学院修士修了。工学博士（早大）。東海大工学部教授を経て東海大福岡短大名誉教授。元「コスモス短歌会」会員（2005・4月—2021・3月）。元「コスモス短歌会」福岡支部長(2011—2012)。元「宗像大社短歌大会」事務局長（2007—2016)。「福岡文化連盟」会員（2012—)。
歌集＝『碑の蟻』（短歌新聞社)、『烏兎』（柊書房)。

神籬の森
ISBN978-4-434-29333-7

発行日　2021年　8　月　24　日　初版第1刷

著　者　　巻　　桔梗

発行者　　東　　保司

発　行　所

櫂歌書房《とうかしょぼう》

〒811-1365　福岡市南区皿山4丁目14-2
TEL 092-511-8111　FAX 092-511-6641
E-mail:e@touka.com　http://www.touka.com

発売元　株式会社星雲社（共同出版社・流通責任出版社）